Mario Lamo Jiménez

El día de la ecología

Ilustraciones de Ivar Da Coll

PANAMERICANA
EDITORIAL

Quinta reimpresión, febrero de 2014
Primera edición, El Áncora Editores, 1997
Primera edición, Panamericana Editorial Ltda.,
julio de 1997
© El Áncora Editores
© Marco Lamo Jiménez
© Panamericana Editorial Ltda.
Calle 12 No. 34-30, Tel.: (57 1) 3649000
Fax: (57 1) 2373805
www.panamericanaeditorial.com
Bogotá D. C., Colombia

ISBN 978-958-30-0968-7

Prohibida su reproducción total o parcial
por cualquier medio sin permiso del Editor.

Impreso por Panamericana Formas e Impresos S. A.
Calle 65 No. 95-28, Tels.: (57 1) 4302110 - 4300355
Fax: (57 1) 2763008
Bogotá D. C., Colombia
Quien solo actúa como impresor.
Impreso en Colombia - *Printed in Colombia*

Editor
Panamericana Editorial Ltda.
Ilustraciones
Ivar Da Coll
Diagramación y diseño de carátula
Camilo Umaña

Este librito se lo dedico con amor a todos los niños del mundo, porque ellos son los que van a salvar el planeta de aquellos niños grandes que lo polucionan, por haberse olvidado del hermoso arte de ser niños.

Para celebrar el día de la ecología, los animales de la floresta decidieron hacer una fiesta. Mandaron invitaciones por montones por un correo de primera: una paloma mensajera.

Invitaron a toda la selva, desde la A hasta la Z: a la araña que recicla telarañas y a la zarigüeya que no deja huellas; al elefante-camión que sirve de bus y no causa polución; a la tortuga que no deja basura y a la oruga que teje la seda en la arboleda; a la jirafa que siempre trabaja; al pájaro secretario que no desperdicia ni un diario; al mono que cuida el árbol donde vive el loro; al león que come lechuga y melón y a la lombriz que come tierra y vive feliz.

Contrataron de orquesta
a un coro de loros de colores,
acompañado por cuatro monos
y cinco tambores. Para hacer
un ahorro en los refrescos, celebraron
la fiesta al lado de un arroyo.

Todos los animales llegaron con sus trajes naturales. El pavo real de Trinidad vistió sus plumas de carnaval y la llama vino de Lima con un suéter de lana fina. El caimán cubano, sin ser presumido, lucía un abrigo de cuero curtido y el armadillo mexicano, metido en su caparazón, no le temía ni a la lluvia ni al calor.

El oso andino que come miel vestía su mejor traje de piel y la ranita puertorriqueña venía de verde y bien risueña. Por último llegó el pingüino argentino con su sacoleva de plumas blanquinegras.

Por ser el día de la ecología una ocasión tan importante, llegó también un fotógrafo, una mapache de la agencia H. Cuando la orquesta dio la primera nota, empezó la fiesta. Como no era una orquesta falsa, sabía tocar cumbia y salsa.

El elefante-camión bailó un merengue con la lombriz feliz. La oruga de traje de seda bailó un tango con el pingüino argentino mientras se comía un mango. El león vegetariano bailó un son con el caimán cubano. El oso andino bailó un sanjuanito con la llama de Lima.

El pájaro secretario que no desperdicia ni un diario bailó el jarabe tapatío con el armadillo mexicano. La ranita risueña bailó la bomba y la plena con el mono que cuida el árbol donde vive el loro.

Finalmente todos los animales, conducidos por el pavo real, bailaron música de carnaval.

Para terminar la fiesta, orquesta e invitados gritaron a coro: "¡Qué viva el día de la ecología!", mientras el mapache de la agencia H tomaba la foto de tanto alboroto.

Luego invitados y orquesta dejaron el bosque tan ordenado como lo habían encontrado y fueron a dormir su siesta, cada quien bien camuflado.

Al poco rato pasó por la floresta un cazador que dijo: "Este bosque parece desocupado, mejor me voy a cazar a otro lado."

Mil ojos escondidos vieron cómo se trepaba a un extraño aparato de cuatro ruedas que iba dejando una gran humareda.

"¡Fo! ¡Huele feo!", graznó un loro del coro, a lo que añadió un mono: "¡Quién lo diría, un animal que no sabe nada de ecología!"

Mario Lamo Jiménez

Es un bogotano que escribe cuentos para niños de todos los tamaños y novelas para niños menores de cien años. Aunque no se lo propone, a veces las palabras le riman y entonces escribe poesías o cuentos rimados como este.

Su primer poema, publicado por el Magazín Dominical de El Espectador cuando tenía 17 años, lo escribió inspirado en un verso que su mamá le recitaba con su melodioso acento paisa. Ahora él le escribe poemas a su hijo Julián y a las cosas bellas de la vida.

Ivar Da Coll

Nació en Bogotá, y en Bogotá se dedica a crear personajes: los inventa, los dibuja, los colorea, y últimamente escribe sobre ellos. En una época sus personajes estuvieron en la televisión y el teatro, y ahora están en los libros y en los discos (los cd-rom), donde todos se sienten muy a gusto. Ivar oye música clásica cuando cocina (es experto en pastas, quizás por culpa de su ancestro italiano), cuando trabaja y cuando habla por teléfono (no le gusta hablar por teléfono).